사랑 벗기기

사랑 벗기기

초판인쇄일 | 2012년 5월 17일
초판발행일 | 2012년 5월 30일

지은이 | 방자경
펴낸곳 | 도서출판 황금알
펴낸이 | 金永馥
주 간 | 김영탁
디자인 실장 | 조경숙
주 소 | 110-510 서울시 종로구 동숭동 201-14 청기와빌라2차 104호
물류센타(직송 · 반품) | 100-272 서울시 중구 필동2가 124-6 1F
전 화 | 02)2275-9171
팩 스 | 02)2275-9172
이메일 | tibet21@hanmail.net
홈페이지 | http://goldegg21.com
출판등록 | 2003년 03월 26일(제300-2003-230호)

값 8,000원

ISBN 978-89-97318-15-5-03810

사랑 벗기기

방자경 시집

황금알

마음은 무한대의 힘을 가지고 있습니다.

아무리 퍼주고 베풀고 또 나눠 줘도 마음의 무게는 줄지도 않고

없어지지도 않고 색이 변하지도 않습니다.

누군가를 위해 끊임없이 배려하고 이해해 주는 삶 속에서

우리는 마음이 부자가 되는 걸 어렵지 않게 배우게 됩니다.

아이들보다 항상 나를 가장 최우선으로 소중하게 생각해 주고

새벽같이 출근하면서도 피곤해서 갈라진 내 발뒤꿈치 아플까 봐

잠든 나 행여나 깰까 봐 방 불도 켜지 않고 정성껏 발에 로션을

발라 주고 출근하는 자상한 남편이 있고, 반듯하고 착하게 커 주는

두 딸이 있어 참 나는 행복한 여자입니다.

낡은 차지만 15년째 우리 가족의 먼 길을 함께해 주는

추억이 가득한 차가 있고, 더 이상 이사 다니지 않아도 되는

집도 있고, 경제적으로 풍요하진 않아도 백억에도 자신의

정직함과 바꾸지 않는 남편의 성실함이 있고, 소중한 인연들이

주변 가득히 있어 나는 참 행복한 마음으로 살아갑니다.

세상에서 사람을 가장 소중하게, 그리고 귀하게 여기며

작은 생명도 소중하게 여기는 마음으로 살아가는 것을

최고의 가치로 여기는 내 마음이 있기에

전세계 최고의 부자보다 더 부자로 살고 있습니다.

비록 물질로 나눠 주는 세상의 잣대로 평가받는

삶을 살지는 못하지만, 인연지어진 모든 사람을

귀하게 여기며 마음을 나눠 주며 살아가는 삶 속에

더 큰 복으로 행복은 찾아옴을 배우게 됩니다.

내 안의 생명은 곧 사랑입니다.

따스한 햇살도 메마른 땅을 촉촉하게 적셔 주는 비도

모두 사랑이 없다면 그것을 받아들이는 우리 마음은

불행할 것입니다. 사랑은 그래서 생명을 키워냅니다.

힘든 상황에서도 자식에 대한 사랑으로 가정을 지켜 주셨던

세상의 수많은 어머니와 자신이 살아가는 힘의 원천이

곧 사랑임을 믿는 모든 분과 이 시집을 함께하고 싶습니다.

단기 4345년(2012년)

방자경

차 례

4부

1부

바람으로

그댈 향한 사랑의 바람이
내 가슴 안에서 폭풍처럼 휘몰아칠 때
용기가 없어
불어오는 바람을 피하기보다
그 바람을 품어 안을 수 있는
나는 바람난 여자

태양을 향해
고개를 드는 해바라기꽃처럼
얼굴을 높이 쳐들고 살자

넘쳐나는 눈가의 웃음을
가벼이 여기지 않고
사랑으로 바라볼 줄 아는 사람이라면
세세생생
그의 종이 되어도 좋다

얻는 것 없다고
만남 자체를 후회하고

투정부리는 여인이기보다
뜻하지 않은 그대의 전화에
온종일 아이처럼 기뻐할 줄 아는
여인이고 싶다

잠들 곳 없고 머무를 곳 없이
하늘과 땅을 휘돌아
명예도 부도 다 버리고
순박하게 죽어 간 이름 없는 농부의
무덤가 주위를 맴돌아도 좋다

소유의 개념조차 모르는 바람으로
역마살이 끼어도 좋다
그대 사랑의
단 한 사람일 수 있다면

추억 줍기

하루를 맞는 아침이면
낯선 얼굴처럼
고독의 대지를 스치고 지나가는
바람 소리가 있습니다

허전에 우는 가슴을
쓸고 있는
연민의 넋이 있습니다

빗자루에 쓸려
모아지는 기억들이 있어
두 발목은 기억 저편에
한 그루 소나무로 심어집니다

비를 머금은 라일락 보랏빛 향기에
작열하는 태양의 열기를 더하고
아가의 눈동자에 비친
하얀 눈웃음을 바람결에 날리며
투명한 별빛 주워서

가난과 추함을 순백으로 가릴 줄 알던
그리운 사람이 있습니다

고독의 아침을 여는 날이면

더 늦지 않은 지금

사랑한다고 고백을 하고 나면
말해 버리는 그 순간
그 말이 내 가슴을 떠나
허공으로 날아가 산산이 부서져
그리움이란 이름조차 남아 있지 않으면
어떻게 하나 겁이 납니다

가슴에 묻고
오래도록 그댈 바라보면서
차마 그 한 마디를
용기가 없어 하지 못합니다

작은 회오리가 모여
큰 소용돌이를 몰고 오지요
그 소용돌이는 다시 거대한 태풍이 되어
휘몰아쳐 옵니다

내 가슴에 꾹꾹 눌러 놓은
이 사랑의 느낌과 설렘이

더 이상 견딜 수 없이
거대한 소용돌이를 만들 때
난 태풍이 되어 그대 가슴에
그리움으로 덮칠지도 모릅니다

사랑한다는 말을 해 버리는 순간
그 말이 어디론가 형체도 없이
날아가 버리는 것이 아니라
바로 그대 가슴 안에서
또 하나의 아름다운 모습으로
태어난다는 걸
더 늦지 않은 지금
수줍게 알아 갑니다

말하지 않고 가슴에 묻으면
허공으로 날아가는 걸
걱정하지 않아도 된다고
어리석게도 믿고 있었습니다

태풍이 되어
그댈 남김없이 쓸어 버리는 것보다
적당한 시기에
촉촉이 대지를 적시는 단비가
더 큰 힘을 발휘한다는 걸
몰랐으니까요

사랑의 허물을 벗고

비껴 오는 바람과
가늘게 내리는 비에
그대 생각하고 헤아리던
내 마음이 울고 있습니다

던져진 오해의 불씨로 인해
그 어떤 시련에도 절대로
녹지 않으리라 빙하처럼 단단하게
자리잡았던 우리의 사랑은
악마의 속삭임처럼
가슴을 녹이던
큰 믿음이 깨져 버리면서
불꽃처럼 피어나던 사랑의 불씨는
화재가 꺼짐과 동시에
사랑의 결말을
비참하게 맞이해야 합니다

일상처럼 주고받던 편지도
불씨 없는 재로 남아

사랑의 벼슬을 잃어버린
정중하지 못한 이별 앞에
울어야합니다

사랑을 잃어버린 비뚤어진 눈빛은
모래가 깔린 여울 위에
그리움의 허물을 벗습니다

사랑의 멍에

마음속에 미움을 만들 줄 모르는
순수한 내가
보드랍고 상냥해서 좋다던 그대

그대에게 다가서는
내 마음의 발소리가 나지 않도록
살짝 뒤꿈치를 들고
내디디는 내 모양이 우습더이까

내 사랑에 얽매여
꼼짝달싹도 못하게 돼서
막다른 길목에 설까 봐
그대 겁이 나더이까

떳떳하지 못한 사랑이라고
자신없이 돌아서서
남겨진 이별을 내 몫으로 안겨 주며
벗어던진 그대의 멍에

무거운 짐을 짊어지고
다리엔 돌덩이를 매달고
숨가쁘게 산을 오르듯
내 사랑이
그렇게 힘겹고 무겁더이까

다음 그 다음 생에도

하나의 생명이
어머니의 뱃속에 잉태되는 시작과
한 줌의 흙으로
바람 따라 흩어지는 마지막을
그대와 함께하고 싶습니다

어머니의 뱃속에 잉태되는 순간
태초부터 이미 그대를 만나게 될 걸
숙명처럼 예감되어진 것입니다

하나의 생명으로 선택받은 순간
세상에 빛으로 태어나 첫울음을 운 것이
한평생 그대 하나만을 해바라기하며
가슴 가득 행복을 담아 내기 위한
처음이자 마지막 울음이란
해석마저도 가능게 하는 건
그대와 함께하고 싶기 때문입니다

바로 그날의 울음이 기쁨 되어

그댈 만나기 위한 암시였다면
기꺼이 주어진 숙명에 순응하겠습니다

세상의 인연을 뒤로하고
아쉬움으로 지나온 날들을 뒤돌아보며
눈을 감는 마지막에도
나는 기꺼움으로 웃을 것입니다

다음 그 다음 생에도
다시 그댈 만나기 위한
또 다른 시작임을 알기 때문입니다

사랑을 지킨다는 것은

사랑을 지킨다는 것은
내가 가진 모든 것과
내게 다가올 영혼을
포기하는 데에서 치러야 하는
인내의 씨앗입니다

바람에 실려
날아온 한 톨의 씨앗이
광활한 대지 위에 사뿐히 내려앉아
비와 바람을 견디며
자연과 하나로 어우러져
새 잎을 돋울 때
우리는 자라나는
그 작은 생명 속에서
생의 기쁨과 행복을 배웁니다

내 깃과 네 것이란 어설프고 선명한
소유의 영역을 만들면서
우리가 아닌

너와 나로 나누어지는 것입니다

사랑이란 이름으로
눈 속에 들어온 작은 티끌은
많은 고통 속에서 우리의 감각을
일시 정지 상태에 들게 만듭니다

바람 타고 날아온 향기

북악 스카이웨이
어둠이 내리는 길에서
이국의 정취를 물씬 풍기는
당돌한 그리움으로 그댈 만났다

털끝을 간질이며
깊숙이 파고들어오는
무례한 목향木香에 취해
거부할 몸짓마저 놓아 버렸다

귓불을 스치는 바람의 손길에
허망한 속울음은
언제 그랬느냐는 듯 녹아들고
은은히 물든 비누 냄새를 맡듯
머릿결을 흩뜨려 놓는 바람은
매운 손길로 갈퀴가 되어
내 뺨을 휘갈기고 간다

누렁소 방울 소리에 맞춰

시골길을 달려가는 달구지 소리가
정겹게 들려 올 것 같아
눈꺼풀을 내리 깔고
폐부 깊숙이 젖어 드는
나무 향기에 취해
그댈 향해 죽순처럼 고개를 드는
그리움의 밑둥을 부둥켜안는다

침묵의 동반

그대에게
내 생의 전부를 드리려 합니다
그대 받으시렵니까

나를 향해
굳게 마음의 문을 닫아 버린
그대의 시린 웃음이
내 여린 어깨를 스치고
성난 파도 소리를 내며
새하얀 배꽃 같은
내 두 뺨 위로 부딪쳐 옵니다

그댈 사랑함으로
내 가슴에 새롭게 싹트는
삶의 열정이
사랑의 노래가 되어
그대 메마른 영혼 위로 울려퍼질 때
그대 마음의 빗장을
나를 향해 열어 놓으시렵니까

계절의 변화를 잃어버린
백치가 되어
거세게 부는 바람을 안고
도드미 사이사이로 걸러지는
티끌 같은 자존심에 매달려
날벼락치듯 내게 던져진
그대 이별의 말에
울먹일 힘마저 잃어버린 채
철퍼덕 주저앉고 말았습니다

물장난을 치고 있진 않았습니다
발의 움직임에 따라
파문을 그리며 번져 오는 우수가
나를 비추고 있는 거울에는
무관한 그림으로 비쳐졌듯
내민 손끝에서
저 멀리 달아나 버리는
마지막 꽃잎이 되어 입맞춤

그대와의 침묵의 동반이길
원치 않았습니다

그대 가슴에
잔잔한 달빛 그림자 드리우고
솔가지 스치는 바람이 되려 합니다

그대 받으시렵니까
부끄럽게 움트는 사랑의 노래를

비록 내 사랑은

그댈 잊어버려야 하는 슬픔보다
그대에게서 내가 잊혀진다는 슬픔이
내 가슴에 더 한층
짙은 농도의 슬픔의 빛깔을 만듭니다
그댈 사랑했던 순간들
우리가 함께 나누던 진실이란 이름의 눈빛을
추억이란 필름으로 담아 두고
그댈 잊었노라고
그대에게 냉정을 가장하기엔
가을 하늘은 너무나 티없이 맑고
청조한 선비와 같습니다
그대가 없는 가을 하늘이지만
사랑만을 위하여 노래하는 연인들의 공간은
영원히 변하지 않는
촉촉한 단비가 되어 적셔지길

비록 내 사랑은
슬픔뿐이고 침묵으로 지워질지라도
그들의 대지 위에 축복으로 뿌려진다면

가을비를 여유 있게
가슴 가득 안을 수 있을 것입니다
내 대지 위에 뿌려지는 비는
그대 눈빛을 닮은 우수로
가을비가 되어 슬프게 적셔 올지라도
그대 공간에는 새로운 사랑을 축복해 주는
촉촉한 단비로 뿌려지길
비록 내 사랑은 슬픔뿐이고
침묵으로 지워질지라도

우리 가슴에 새겨진 다리는

가슴속에 새겨진 사랑은 하나건만
우리는 언제나 서로의 사이에
긴 다리를 놓아야 합니다
다리는 아름다운 꽃으로 만발할 때도 있고
낙엽이 나뒹굴 때도 있습니다
다리 주위에 수많은 사람들이 모여 앉아
지나가는 내 뒷모습을 바라봅니다
그 시선이 못견디게 불편함을 주면
한 발 뒤로 물러나선 눈을 꼭 감아 버립니다
내 안에 깃든 사랑이 식어서가 아닙니다
구경꾼들의 시선이 눈 안에 들어온 티끌처럼
불편하게 느껴지는 것뿐입니다
그대를 위해 자유롭게 해 줘야 한다고
그 다짐만은 꼭 지켜야 한다고
나 스스로에게 다짐하며
나선 목적 없는 발걸음입니다
나를 바라보는 사람들의 시선이
그런 내 마음을 읽어버린 것처럼
불편하게 느껴집니다

우리의 가슴에 새겨진 다리는
단숨에 건너야 하는 다리가 아니라
조심스럽게 건너야 하는
징검다리였음 좋겠습니다

내 슬픔 속에서 난 혼자다

그댈 기억하기 위해 나는 휘청입니다
그대의 냄새와
맑은 웃음까지 기억해 내다 보면
나는 어느새 절망으로 허우적거리는
내 슬픔을 봅니다
추억을 안고 떠나 버린 그대는
그 추억 안에서 혼자가 아닙니다
내 마지막 영혼까지도
남김없이 가져가 버렸고
남겨 준 건 그대가
내 하나의 사람이 되어줄 수 없다는
절망과 슬픔뿐입니다
그대 영혼이 죽지 않고 살아 있는 동안은
나와 함께한 날들이 추억으로 존재하겠지요
그 안에서만이라도
그대는 나와 함께입니다
그러나 내 슬픔 속에서
난 늘 혼자입니다
내 마지막 영혼까지 추억이란 이름으로
떠나는 그대 뒷모습에 묻어 버렸으니까요

사랑이라 말하렵니다

사랑이 고귀한 아픔으로 치러 내야 하는
격정의 열병이라면
이별은 마시면
검은 죽음의 빛깔로 인도하는
육신과 영혼의 무너짐입니까
마른 풀꽃을 코끝에 대며
행여 무슨 향기라도 날까 조급해하듯
희뿌연 안개 저편으로 펼쳐지는
광활한 대지 위에
향기 없이 피어난 이름 모를 들꽃입니까
향기도 없고
빛깔도 아름답지 않은 풀꽃을 바라보듯
초점 잃은 눈빛을 쏟아붓고
잿빛 하늘을 향해 허위허위 헛손질을 하며
슬픈 어깨춤을 어설프게 추는
무희의 몸짓입니까
별 하나 곱게 단장한
할머니의 쪽진 새하얀 이마 위로 벗삼고
눈물로 수놓아

조심스레 키워 가는 그리움은
알알이 곱게 꾀어 엮은 진주알처럼
화려한 모습은 갖추지 않았지만
해변가를 온종일 헤매다 옥색 줄에 끼운
소라껍데기 목걸이의 순수함으로
사랑이라 말하렵니다

그댈 추억이라 부르지 못합니다

말로는 그대 환한 웃음도
그대가 꼈던 안경 색깔도 다 잊었노라고
친구에게 아무렇지도 않은 듯
웃으면서 말을 하면서도
그댈 닮은 사람을 우연히 보게 되면
왜 이렇게 화들짝 놀라는 것일까요
심장은 빠르게 두근거리고
혹시나 그대일지 모른다는
어설픈 기대를 안고
한 번쯤 더 쳐다보곤 이내 실망으로
그리움 위에 먹물을 붓고 있습니다
머릿속에선 그댈
과거 속의 사람이라고 생각하면서도
내 가슴은 아직도
그댈 추억이라 부르지 못한 채
그리움으로 뒹굴고 있습니다
그대 목소리를 듣고 아무 말도 하지 못하고
가벼운 안부 인사로 대신하며 전화를 걸어
그대 목소리만이라도 듣고 싶었습니다

오늘도 그대와 연결된 전화번호만 누르고
신호가 채 가기도 전에 끊어 버린
내 용기 없음에 울고 있습니다
그대가 너무 못견디게 그리워서

남은 사랑의 산화

사랑은 강제적인 안김이나 쟁취가 아니라
스스로의 버림이자 선택입니다
사랑은 빼앗아서 얻는
자기 만족의 충만이 아닙니다
빼앗아서 얻어지는 사랑은
강한 힘을 가진 다른 누군가에 의해
다시 빼앗김을 당합니다
사랑을 하면 아무것도 보이지 않기에
눈을 씻고 바라보려 해도
눈먼 장님처럼 헛눈길로 부딪힐 뿐입니다
사랑을 해서 아픈 것이라면
차라리 안 하고 덜 아픈 것이 되어
사랑의 무지로 남으리라
상식의 전부를 채우지만
이내 이성을 뛰어넘는 사랑은
사랑을 가로막고 있는
장애물을 과감히 깨 버리고
어느새 우리 곁에
성큼 큰 걸음을 내딛습니다

사랑에는 선배도 없고
더더욱 후배도 없습니다
이마에 굵은 주름을 '한 일一'자로 긋고
인생을 대변하는 선배는
사랑학에 대해 연신 열변을 토하지만
상대의 가슴이 되어 보지 못한 채
일체감이 결여된 현실로
공허한 메아리가 될 뿐입니다
남은 사랑의 산화로
나풀나풀 목련은 꽃잎 나리고
순결한 영혼이 되어 내 뜰에 눈 내립니다
외로운 그 사람 얼굴에서
낯익은 웃음을 언뜻 보았지만
이내 큰 실수라도 한 듯
공허한 눈빛을 쏟고 있습니다

2부

사랑이 무엇이오니까

사랑이 무엇입니까?
잿빛 하늘을 향해
허위허위 헛손질을 하며
결국은 침묵의 무게에
힘없이 무너져 내리는 고독입니다

그리움은 무엇입니까?
낚싯줄 끝에 매달린
한 마리 지렁이가 되어
언젠가 잡혀먹힐 듯
위태위태한 슬픔의 시작입니다

이별이 무엇입니까?
밟으면 밟을수록
질긴 줄기로
온통 대지를 뒤흔드는
민들레의 숨죽인 흐느낌입니다

고독이 무엇입니까?

허허벌판 잡초 하나
자라날 수 없는 대지 위에
홀로 서서 바라보는
빗줄기의 시작입니다

사랑의 불씨

내가 나를 버리고
네가 너를 버릴 때
우리는 비로소
하나의 사랑을 이를 수 있다

한 겹 한 겹 벗겨지는 허울과
때로는 지나친 구속으로
불어오는 바람 앞에
욕망으로 춤을 춘다 해도
깊은 절망의 수렁에
내 육신을 내던질지라도
사랑의 불꽃은
기름진 내 마음의 밭에
불을 지른다

바람을 만난 불씨는
사랑의 줄을 당기고
더 깊은 사랑의 미로 속으로
나를 밀어 넣는다

밭을 지나 논둑을 휘돌아
산을 태운 내 불꽃은
바람을 등지고
내 안에 사랑의 불을 지른다

사랑합니까

사랑합니까?
그대의 처음을 사랑하며
마지막을 사랑합니다
사랑합니까?
그대의 해맑은 미소와
그늘진 영혼까지도 사랑합니다

사랑합니까?
노을진 들녘을 사랑하듯
그대의 슬픔 어린 두 눈과
상처받고 얼룩진 마음을 사랑합니다
사랑합니까?
그대 탄생의 기쁨을 사랑하듯
죽음의 길도
함께할 수 있을 만큼 사랑합니다

사랑합니까?
처음부터 끝까지 그대 하나만을 위해
기도할 수 있을 만큼 사랑합니다

사랑합니까?
그대 영혼의 죽음은
곧 내 영혼의 죽음과 마찬가지로 사랑합니다

그대 가슴속에
내 사랑의 붉은 피로 쓰렵니다
"그대는 내 영혼의 마지막 둥지"라고

그대에게만 들리는 내 노래

아무도 돌봐 주는 사람이 없을 때
아무도 사랑해 주지 않을 때
까다로운 그대 성격에
두 손을 들고 그대 곁을 떠나갈 때
언제든지 내게 달려오세요
죽음이 우리 곁에 머물러 사라지는
그 순간까지 그대 곁에 남아
그댈 돌봐 주며 사랑해 줄 것입니다

바람 한 점 없이 무더운 날씨입니다
그대 그늘에 가려 시원함을 찾고 싶은데
어둠 속에 깔린 그대 눈물은
나로 인해 망설임을 안겨 줍니다

가까이 다가가고 싶습니다
가까이 다가가서 속삭이고 싶습니다
어리석게 들리는 이 모든 말들을
진실한 언어로
그대에게 전해 주고 싶습니다

아무도 듣지 못하게
그대에게만 내 목소리가 들리도록
숨가쁘게 고동치는 내 심장 소릴
내 웃음으로 전해질 수 있도록
그대 곁에서 함께 있고 싶습니다

조그마한 바람 소리가
창가에 걸린 커튼을 헤치고 찾아오면
귀여운 그대 웃음은
해맑은 표정으로 피어날 것입니다
언제나 침묵을 안고 다니는
그대에게 나는
늘 고개 숙이고 있습니다
점점 더 깊숙이 숙여지는
부끄러운 내 사랑의 노랫소리

들릴 듯 말 듯 되뇌는
나 혼자만의 노래

이런 건가 봅니다
내 사랑은
늘 혼자만의 것이어야 하나 봅니다

긴 그리움으로

긴 그리움으로
그대가 나를 찾아도
그댈 모르는 사람으로 대할 것입니다

날 사랑한다고
술에 취해 몸을 가눌 수 없을 만큼
보고 싶어 그대가 깊은 절망에 빠져도
그 절망의 상대가 진정 나 하나일지라도
그댈 만나지 않을 것입니다

비가 오나 눈이 오나 변함없이
그대가 지쳐 내 집 앞에서
날 기다리며 서 있을지라도
그댈 모른 척 지나쳐 갈 것입니다

그대 그리움의 전부가 나일지라도
그 그리움에
추억의 망부석이 되어 버려도
절대로 그대 앞에서

흔들리지 않을 것입니다

그대 가슴속에 오직 나뿐이란 걸
많은 사랑을 거쳐
이제서야 알게 되었다고
내게 눈물로 호소해도
차갑게 식은 내 가슴에
그댈 반갑게 끌어안지 않을 것입니다

그대를 소유하지 못함은

누군가를 소유한다는 건
구속되어야 하는
한 쪽이 존재하기에 싫습니다

높이 더 높이 날아서
높고 낮은 세상
내려다볼 수 있는 자유마저
꺾어야 하기에
부러진 꿈은 싫습니다

그대는 나만의
절대적 우상이어야 한다는
맹목적인 열정도
금세 식어 버릴
불꽃이어야 하기에 싫습니다

그러기에 구태여 나는
그댈 소유하려 하지 않습니다

새장에 갇힌 새가
얼마의 시간이 흐르면
날아야 하는 기능마저 상실하듯
자유를 향한 그대의 날개를
꺾고 싶지는 않습니다

내 의식의 저편에

내 의식의 저편에
상념의 껍데기 던져 버리고
목적 없는 발걸음으로
절망마저 거부했던 시간들이 있었음을
그대는 인정하지 않으리라

일상처럼 주고받던
그대와 내 영혼의 부딪힘은
접착제로 붙일 수조차 없이
산산조각나서
내 의식 저편 어디쯤에서
무너져 가고 있음을
그대는 인정하지 않으리라

거부할 수 없는
그리움의 우수들은
빗소리에 젖어 짙게 드리워지고
그대 존재의 인정으로
자연스럽게 함께하던 고독마저도

쓰레기통 속으로 버려져
퇴색된 시간이 되어 감을
그대는 모르리라

나도 그대처럼

내 삶에 들어온 그대를 사랑합니다
그대와 함께 만들어 가는
희망 가득한 시간입니다
삶의 지혜를 잃어버리고
내 자체를 고스란히
절망이란 이름 앞에 내려놓고 싶어질 때
항상 그대는 내 등뒤에 서서
희망과 긍정의 힘을 가르쳐 주었습니다
혼자서 가야 하는 삶이
힘겹고 버거워지지 않도록
절망 속에 눈물 흘리지 않도록
그대가 손을 내밀면 그 손을 꼭 잡아서
내 뛰는 심장 위에 올려놓고
항상 내 곁에 그대가 있음을 느끼며
행복해할 것입니다
훗날 그대가 내 곁에
한 짝의 젓가락처럼 함께 있어
지혜롭고 바르게 성상했노라고
그대에게 고미운 마음을 전할 수 있을 때

나도 그대처럼 누군가에게
그런 존재가 되기 위해
노력하며 살고 있을 것입니다
그렇게 희망 가득한 내일을
그대와 함께 가겠습니다

어머니가 있어

참을 줄 알기에 어머니고 아내죠
사랑하는 가족 위해
한없이 자신을 낮춰 주고
보살펴 주는 마음 하늘같이 높아
어머니라 부르죠

좋은 마음 먹고 미움 마음 지우고
주름살 활짝 펴서
미소 짓고 살아 주는
어머니가 있어 세상이 아름답죠

자식 잘 되라고 모든 것 양보하고
덕 쌓고 살아 주시고
살아오신 길 올바르지 못해
행여나 낭신 허물 때문에
자식 잘못 될까
늘 옳은 길 먼저 가주시는
어머니가 있어
세상이 아름답죠

넌 내게 축복이란다

넌 내게 축복이란다
사랑하는 아빠와 만나
사랑으로 널 낳았을 때
세상의 모든 행복과 감사 속에
넌 축복이었지

너의 부모가 되었다는 것만으로도
너에게 아빠와 엄마로
불러지는 것만으로도
그 작은 일상만으로도
저절로 감사해지고
좋은 부모가 되어 주어야 한다는
겸손을 가르쳐 준 너는
우리에게 축복이었단다

열감기로 밤새 뒤척이는
널 밤새 간호하며
목에 두른 손수건이 마르면
젖은 손수건으로 갈아 주느라

밤새 제대로 못 자
아침이면 빨간 눈으로
피곤해서 졸고 있어도
"엄마"라고 불러 주며
꼭 안기는 네가 있어
그 작은 일상도 축복이었단다

멋진 아내이고 싶다

나 편하게 살자고
남편 옆구리 쿡쿡 찔러
불량 시공 눈감아 주고
떡값 받아 오라고 시킬 수 없고

명품 가방 명품 옷 입고 싶어
퇴근하고 들어오는
남편 등 떠밀어
대리 운전 부업이라도 더 해서
내 지갑 채워 달라 말할 수 없듯

하나라도 잘못된 불량 시공 찾아 줘서
백년 가는 멋진 아파트 지을 수 있도록
감리일 잘하게 격려해 주며
수십억 수백억 돈 앞에서도
남편 자존심 지켜 주고

백화점 가서
명품 가방, 명품 옷 안 사 입어도

홍인지문, 숭례문, 동네 시장 다리품 팔아
멋지게 명품처럼 입는
삶의 가치를 마음에 두고

남편 자존심 철탑처럼 굳게 지켜
바른길 가게 만드는
나는 그런
속 깊고 멋진 아내이고 싶다

나도 그 마음으로

말로 준 상처에
가슴은 조각조각 찢겨
'후우' 한숨 소리 절로 나오고
사랑하며 살았던 시간도
먼지처럼 값어치 없게 흩어져 버리고
'내가 왜 이 인간하고 사나'
현실을 부정적으로 해석하면서도
내 배가 없으면
밤에 잠을 못 자는 딸아이가
딸아이 옆에 누워 재워 주겠다는
아빠를 밀쳐 내며
아빠가 자기 옆에서 자면
엄마가 냉이 다듬고 와서
잘 자리가 없어 안 된다고
자기 옆자리 비워 두는 걸 보고
자식 옆자리 같이 누워
배 쓰다듬고 자지 않아도 될 나이까지
딸아이가 클 때까지만
미운 남편

예쁘게 보며 살아야겠다 마음먹으니
25살 꽃다운 나이에
50이 넘으면 남편이 속 안 썩인다는 말에
자식 넷 보며
그 긴 세월 눈물 삼키며 참고 견뎠다는
70줄 바라보는 친정엄마가 생각이 나서
그 고마운 마음
가슴 안쪽에 양파 껍질 벗겨 내듯
힘들 때 한 겹 한 겹 벗겨 새기리라
그렇게 나도 그 마음으로
이 가정 지키며 살자 마음먹는다

허물 수 없는 사랑

널려 있는
빨랫줄의 빨래를 흔들듯
그대에게 함부로 놓아 버린
내 마음의 줄

물꼬를 막아
두레로 논에 물을 퍼붓듯
그리움으로 온밤을 채우던 사람아!
천하에 으뜸가는 말재주를 가졌다고
달콤한 한 마디의 말로
잠시 생각을 흩뜨려 놓을 순 있어도
내 사랑은 허물지 못합니다

먼지를 일으키며
햇볕을 가리고
맹렬히 부는 선풍旋風도
사랑의 빛깔을 검게 물들여
그댈 미움으로
날려 보내지는 못합니다

활의 시위

사랑의 표적을 두고
활의 시위를 당긴다
날아간 화살은 비스듬히 꽂히고
꽃씨가 사방으로 날리어
이리저리 흩어진다

모래가 많이 있는 수렁에
질퍽이는 그리움으로 빠져
헤어날 수 없는
간교한 말이어도 좋다

작별하고 떠나는 인사가
또 다른 만남을 위한
새로운 출발이 되어도 좋고
촉박한 약속 시간을 다투며
사거리에 서서
신호가 바뀌기를 기다리는
순간의 긴장이어도 좋다

활의 시위가 표적을 정확히 맞추고
사방으로 흩어진 꽃씨가
새순을 돋아 꽃봉오리를 만든다면
겨울이 되어도 변하지 않는
초목의 푸름이고 싶다

대범해지고 싶습니다

사소한 슬픔에
대범해지고 싶습니다

내가 그대에게 바라는
이만큼의 기대치마저도
대범하게 던져 버리고 싶습니다

나를 바라보며
미소짓는 그대 웃음이
잠깐 나를 벗어나
다른 곳을 향해 있어도
그댈 믿는 마음으로
대범하게 이해해 주고 싶습니다

내 손을 잡아
그대 호주머니에 넣던
그대 따스한 행동이 사라져 버려도
대범해지고 싶습니다

어느 날부터인가
가끔씩 말없이 나보다 앞서 걸어가도
뒤쫓아 걷는 내 마음이 슬퍼지지 않도록
대범해지고 싶습니다

3부

해 저무는 거리에서

사랑은
물질적인 베품의 사치가 아니라
작은 나눔의 눈짓입니다

사랑은 받음에서 비롯되는
소유의 생성이 아니라
나눔으로 하여
성장하는 삶의 충만입니다

이별은
나라는 집을 지탱한 기둥 중간을
전기톱으로 자르는 것과 같고
그대와 나눈 추억의 버팀목을
쓰러뜨림과 같습니다

소나무는 사시사철 푸름을 잃지 않기에
보는 사람으로 하여
선비의 바른 지혜를 보는 듯하고
오늘도 해 저무는 거리로 나서는 것은

어둠 속에 숨어 있을
내 그림자를 찾기 위함입니다

내일이란 빨랫줄에
희망이란 상표의 옷을 널어
따뜻한 햇볕에 말리는 건
입는 사람으로 하여
새롭게 태어나게 하고자 함입니다

재회

하루에도 몇 번씩
굵은 그대 음성을 듣지 못하면
일상생활이 지각 변동을 일으키던 시간도
잊어야 할 인연임을 스스로 다짐합니다

적당히 익은 밥솥에서
몽실몽실 피어나는 김처럼
되살아나는 그대 얼굴

잠들 수 없는
어둠을 떨쳐 버리기 위해
거꾸로 숫자를 헤아리며
상념의 껍데기를 묻습니다

자명종 시계를 맞춰 놓고
오늘과 다른
내일이 전개되길 바라는 설렘 하나
허망하게 품었던 그때처럼
잠깐 동안 아프다가 잊혀질 거라고

위로하진 않았습니다

이별을 입 밖으로 내뱉고
돌아서던 그날과 달라진 것이 없는
또 한 번의 시작은
맨 처음 앓았던 열정으로
다시 준비되는 절망입니다

남의 꿈속에 무단 침입해서
희망의 필름을 훔치듯
간밤 내내 낯선 추억 속에서
잠을 설쳤습니다

환상

우리 지금 헤어지기로 합시다

먼 훗날 이날이 추억될 때쯤
그대 모습은 지금 그 상태로
무너져 버린
내 영혼 속에 남아 있겠지요

꽃잎 속에서 울부짖는
이름 없는 풀벌레처럼
우연한 기회에 그댈 보게 되면
그것은 옛날 환상 속의
한 폭의 그림이라고 생각하겠습니다

이름 없는 주소로 편지를 쓰겠습니다
내 주소를 곱게 써 내려가겠습니다

그대가 내 곁에 와서
이 편지를 읽을 때면
나는 살포시 미소 지어
환상의 그림을 지워 버리겠습니다

나 그대 위함은

지금 우리 곁에 남은 것은
아무것도 없습니다
빈 공간과 허전한 마음뿐
설사 우리 곁에
미련의 아쉬움이 남아 있다는
그런 말을 그대가 내게 던지신다면
그대의 볼에 푸른 멍이 번져
얼룩질 것입니다

용서할 수 없는 증오의 불길이
내 가슴속에 타오르고 있다 해도
한때 사랑한 죄라서
미워할 수 없는
나 자신을 증오하겠지요

해는 저물고 있습니다

언제부터인가
그대 향한 내 마음은

먹구름 속으로
얼룩져 가고 있습니다

그대 향한 한 줄기 빛은
어두운 터널 속으로 희미해지고
나 외로움의 등대 되어
수평선 저 멀리 외로운 새가 되어
홀로 날겠지요

만남이 주는 의미

내가 그대에게 전부이고자 함은
그대란 실제로 하여
내가 살아 있음을
느낄 수 있기 때문입니다

가정된 만남의 미래가
어렵게 주어진 시간을 난도질하듯
도려 내는 것이 아니라
분명한 만남의 선 위에서
높이도 낮게도 평가되지 않은
미래를 향한 악수인 것입니다

만남으로 하여
서로의 영혼을 소홀히
다루는 것이 아니라
횟수가 잦아지면 잦아질수록
힘껏 서로의 삶을
부둥켜안을 수 있는
배려의 시작인 것입니다

전부이고자 하는 마음

누구냐고 이름도 묻지 않고
설사 존재하지 않는 사람이어도 상관없이
그리움의 불덩이이고 싶습니다

살아 숨쉬는 모든 것들이
나라는 존재를 생각함으로 인해
밝음이 어둠을 거두어 내듯
환하게 웃을 수 있는
그리움의 대상이고 싶습니다

눈을 들어 바라보지 않아도
손을 내밀어 차가운 눈빛을
마주 잡지 않아도 가만히 안길 수 있는
그대 가슴속에
절대적 대상이고 싶습니다

열정에 들떠 이성을 잃고
손쉽게 선택되는
야화野花이고 싶지는 않습니다

물집 생긴 손과 발을 보며
허망한 사랑의 노래를 불러야하는
전혀 생각지 않은 상황이
눈물로 펼쳐질지라도
사랑만을 위해 살고 죽고 존재하며
의미를 부여하고 싶습니다

그댈 사랑함입니다

누군가가 나를 향해
이유 없는 미움의 화살을 쏜다 해도
그 상대의 마음을 헤아려
고통을 함께할 바른 지혜의 눈이
맑게 떠질 수 있다면

준비 없이 시작된
이별의 출발 선상에
나를 세워 두고
앞으로 힘껏 내딛지 않으면
채찍질에 살집이 찢어지는
고통을 겪어야 한다고
누군가 내게 고래고래 소리쳐도
의연하게 맞설 수 있는 인내가
내 몸과 마음에 스펀지에 물 스며들듯
자연스럽게 젖어들 수 있다면

배꽃처럼 새하얀 추억의 도화지를
한 장 준비하고 사랑으로

그 위에 엷게 스케치한 다음
그리움으로 곱게
색색의 옷을 입힐 수 있음은
더하지도 빼지도 않는 방정식으로
그댈 사랑함입니다

양보의 빗금

그대가 내 가슴에 내린
이별의 비로 말미암아
무너져 내린 사랑의 산비탈에
말라죽은 풀은 지금의 내 심장입니다

벼슬을 하지 않은 선비가
부를 탐하는 일이 없듯
사랑의 화살을 맞은 사람은
상대를 미워할 줄 모릅니다

한없이 관용으로
바라볼 줄 아는 눈빛과
하나 더하기 하나는 둘도 아닌
하나도 되고 셋도 되는
양보의 빗금입니다

양보의 빗금이
평행선을 고집하면서부터
어긋나기 시작하는 눈빛은

탐욕을 부르고
사욕에 눈이 멀어
인격을 헐값에 팔아넘기듯
사랑이란 그럴듯한 명분으로
이별을 앞세웁니다

하늘도 이유를 모르는 눈물

하얀 무명옷에
먹물을 부어 놓은 듯
울고 있는 내 마음은
먼저 이별을 맞이하지 못한
나 자신을 나무람입니다

목놓아 부르는 그대 이름은
메아리가 되어 되돌아오고
소리없이 흘러내리는 눈물은
최후의 선택인 이별을 흠뻑 적십니다

텅 빈 눈동자에
짙은 우울이 드리워지고
조금씩 숙여지는 내 머리는
보이지 않는 사랑에 대한
애절한 내 몸짓의 절규입니다

서툰 손놀림으로 그린 추억은
화폭의 풍경화처럼 스쳐 가는

한 장의 값싼 허영일 뿐
영혼이 깃들지 않은 먼 눈짓으로
그리움이란
초라한 알몸을 드러 냅니다

사랑 벗기기

내 마음을 보여 달라고
그대는 가끔씩 말을 합니다
그대가 나를 사랑하는 만큼
내가 그댈 사랑하지 않는 것 같다고

지나간 사랑을 아직도
내 가슴에 담고 사는 건 아니냐고
솔직히 물어 보지 못하고
다른 말로 빙빙 돌려서
내 마음을 확인하려고 합니다

옷을 벗듯 훌훌 벗어서
보여줄 수 있는 것도 아니고
한겨울을 난 나뭇가지에서
새순이 돋듯
눈으로 확인할 수 있는 것도 아닌데
아무 의미 없는
지난 사랑을 흔들어 깨워서
내 마음에 슬픈 파장을 그리게 만듭니다

마음은 보여지는 게 아니라
순수한 눈과
있는 그대로의 열린 마음이 만나
느껴지는 거란 걸
언제쯤이나 그대는 알게 될까요

촛불

아직도 내 가슴에 남아서
꿈틀거리는
그대의 자취와 흔적은
달 밝은 밤이면 달빛에 실려
추억의 도자기 위에
연하고 고운 사랑의 빛깔로
그리움을 담아 그림을 그립니다

그댈 붙잡지 못했던 뒤늦은 후회는
바람을 타고 그리움 되어
어둠이 내리는 처마 밑마다
어리는 눈물로
지나온 세월을 후회의 더듬이가 되어
더듬고 있습니다

백일홍 꽃잎으로 타는
그리움의 심지는
버려진 사랑의 허물을 벗습니다

산마루에 뜬 먹장구름은
고요한 산수 경치를 어지럽히고
자욱하게 끼어
출렁이는 물결처럼 보이는 연기는
그대 없는 내 슬픔의 한복판에
밝히는 촛불입니다

고백

바다 그 짙은 고독의 바다에
내던져 버리고 싶던 우울은
곱게 단장한 새색시 연분홍 저고리처럼
따스한 기쁨이었습니다

속되고 어리석은 내 영혼의 안식처에
다소곳 앉아 내리내리 주시던
부모님의 사랑만큼이나
소중한 시간이었습니다

한 계단 두 계단 밟아 올라간 끝
채 녹지 않은 눈 속에
가슴 가득 쓸어 내리던 내 슬픈 우울은
진한 차 한 잔 함께 나누고 싶은
작은 소망만큼이나
소중한 시간이었습니다

귓가에 들려오는 파도 소리에 실려
나지막이 흐르던 멜로디는

그대가 내게 주신 첫 기쁨이었습니다

"사랑해"
그대 작은 입술 위로 묻어나
낮은 기쁨으로 쏟아져 내린
그 한 마디는
어떤 것과도 비교될 수 없을 만큼
큰 감동이었습니다

첫사랑

결코 나의 그 무엇도
되어 줄 수 없는 누군가를 향해
한 자루 촛불을 밝히고
심지에 그리움의 향내
짙게 드리울 수 있는 건
얼마나 허탈한 웃음의 시발점인가

모든 것의 시작
그래, 그랬었다

푸른 가을 하늘 위로
부서지듯 던져진
내 첫 입술의 열림은
절반이 훨씬 넘는 서글픔이었다

유난히 서늘한 웃음을
두 눈가에 드리우고
내 마음의 빗장을 열던
그대 슬픈 미소와 처음 만난 것이

내 우울과 고독의 대지 위에
조용히 가랑비 뿌리며
다가선 그리움은
서글픈 사랑의 시작이었다

희미한 형체를 부여잡듯
놓치면 영영
또다시 만날 수 없는 긴 악몽처럼
슬픈 눈을 가진 그댈
그리움으로
가슴 가득 끌어안고 있었다

연탄 가스

무례하기 짝이 없는 네가
아무런 통보도 없이
잠든 내 몸 속으로 파고든다

작은 빈틈 하나 포착한 너는
날카로운 날을 세우고
내 몸 깊숙이 칼끝을 꽂았다

누군가 안개에 드리워진 듯
나지막이 네 이름을 부르는 목소리
질식해 버릴 것 같은
내 의식 부여잡고 일어나라 깨운다

살아야 한다는 절박한 몸부림과
아직도 사랑하는 님께
못다한 한 마디가 있음을
의식 저편에서 힘겹게 끄집어 냈을 때
일상의 공간은
삶을 상실한 독가스실이었다

내 의식 훔치려 하는 널
멀찌감치 몰아 내고
피멍드는 무릎으로 기어나와
굳게 닫힌 애욕의 빗장을 연다

드디어
무례한 너로부터
나는 자유다

사랑엔

사랑엔
절대란 말이 필요없습니다
사랑의 시작이
미리 예고된 것이 아니듯
상대를 자신의 일부가 아닌
전부로 받아들이는데
절대 안 된다는 식의 논리는
통하지 않습니다
이 사람은
사랑해도 되는 사람이고
저 사람은
이런 점이 마음에 안 드니
안 된다는 식의
계산이 적용되지도 않습니다
그렇기에 사랑엔
절대란 말이 필요없습니다
있는 그대로 상대를 받아들이고
나눠 줄 내 마음만 있으면 됩니다

4부

강화도 보문사

일주문 너머
내 눈만큼의 거리에
회색빛 우울이 있다

희미한 점 하나
쿡 찍어 놓은 듯
작은 섬 하나

어제 등에 짊어진
번뇌의 짐

님 향한 계단 위에
채 녹지 않은 눈물로
앓음앓이하고

검푸른 바다 위에
회색빛 우울과
망상의 부스러기 날리면
갈매기길 놓는

님의 염화 미소 융단 위에
희미하게 첫 새벽이 밝아 오고
닭울음이 그리움이 되어
화두로 내 가슴에 던져지고 있다

희망의 노를 저으며

질퍽이는 생의 길을 건너
황홀한 유희의 강에 배를 띄우고
화사한 꽃향기 속에 깊숙이 코를 박고
삶의 한 토막을 나눠야 합니다

사랑의 닻을 높게 달고
항로를 잃은 배로
무인도에 표류할지라도
희망의 노는 끊임없이 저어야 합니다

수평선 너머
미지의 세계를 동경해 보기도 하고
무지개를 따서
사랑하는 연인에게 주리라
얼토당토않은 용기를 안고
나그네처럼 길을 떠나 봅니다

어둠이 내리면
짐승처럼 유희의 불씨를 피우고

내일이면 꺼질
불꽃놀이를 하고 싶지는 않았습니다

신의 울타리에 맹목적으로 매달리듯
사랑을 드리운 울타리를 치고
새록새록 피어나
그대 아침을 방해하는
불면의 전부이고 싶습니다

바람으로 살려 할 때

바람으로 살려 할 때
소낙비로 대지를 적시고 있다

고목의 나이만큼만 살자고
부끄러움 잃어버린 저능아 되어
욕심 아닌 욕심을
문패처럼 가슴팍에 내걸고
어제의 나를 잊어 가고 있다

맑게 빛나는 아이의 눈을 닮아야지
순수한 마음으로 세상을 바라보며
때로는 도도한 자존심을 가지고
삶을 책임 있게 지켜 나가야지

남들의 충고를 조금은 여유롭게
기분 상하는 시샘의 눈빛은
유머러스하게 받아넘기고
인내나 기다림을 사랑하는 사람들이
값싸게 시장 바닥에 내던져져도

기다림의 값어치 따지지 않고
셈할 수 있는
높은 안목을 가져야지

스펀지가 더럽고 추한 것
구별 짓지 않고
너그러운 마음으로 받아 주듯
세상을 마지막까지 사랑해야지

회상

슬픈 멜로디가
그대 우수 위로 짙게 깔릴 때
추억이란 이름의 기억들은
짙푸른 빛으로 내 가슴속에
사랑의 발자국을 남깁니다

초록빛 싱그러운 그대 웃음이
여름을 재촉하던 날
어느 산골
법당 처마 끝에 매달린 풍경이
바람결에 잔잔히 웃음을 토하고

내 가슴에 심어진
사랑의 아름드리 소나무는
물거품 되어 울리지 않는 메아리로
저 멀리 지워집니다

내 슬픔의 작은 편린은
바람 한 자락에 덧없이 깨어지고

조각조각 부서져서
기억 저편 너머로
초점 잃은 슬픈 눈빛을
쏟아붓습니다

가슴으로 우는 슬픈 곡조

비 오는 날에는
짧고도 긴 시를 쓰고 싶다

함축된 언어 속에
내 세계가 가지는
영혼의 날개를 담고 싶다

그리움, 사랑, 그리고 미움까지도
삭여 줄 것 같은 그런 날엔
선들바람 부는 법당 뜰에
달빛 하나 밝히고
애절한 울음으로
한 서린 노랫가락 토해 내며
서투른 춤을 추고 싶다

길게 뻗은 버드나무 가지가
가로수를 온통 덮고
아스라이 소박한 마음 꼬리를 감추며
밤비에 슬픔을 담는다

꺾어 만든 버들피리 가슴으로 우는
내 슬픈 곡조는
애틋한 메아리 되어
가을빛 깃든 숲에 잠들고

언젠가 언뜻 보고 지나친
그대 얼굴 그립다

첫인상

촛불 아래 밝힌
그대 이름은
수줍은 웃음으로
보슬보슬
소리내어 내리는
가을비였다

커피잔을 기울이던
그대 정갈한 눈빛은
고요를 부르고

상처를 입히며
내 가슴 깊숙이 박히는
화살이었다

타인

풀끝에 맺힌 이슬의 영롱함으로
새벽녘 수줍게 보이는 별 하나 줍던
여린 마음을 가진 사람을 지우고 있다

추억 한 장 한 장을 희미한 등불로 밝혀
밤늦도록 외롭게 홀로 흘리는
서러운 내 그리움은
그대 흔적마저 지우고 있다

비석은 비바람을 견디고 세파에 부딪쳐
침묵으로 오랜 옛날 이야기를 전하듯
그리움은 그대 떠난 피폐한
내 가슴 언저리를 지키고 있다

사랑의 무게를
힘겹게 끌어안고 있던 날들 속에서
그 무게에 지기 싫다는
내 자존심 하나 건지지 못하고
질퍽이는 슬픔의 구렁넝이에

내 사랑의 무게를 내동댕이쳐 버렸다

그렇게 지워지고 있는 추억을
안타깝게 여겨 주워담기도 전에
우린 서로를 잊고
타인이라 이름지었다

프리즘빛 사랑

희미한 그대 환영은
눈끝으로 잡아 보기도 전에
손가락 사이로
달빛 웃음을 던지며
전부 달아나 버렸다

그대에게 바라지 않았다
슬픔의 구멍을 메울 수 있는
단 하나의 유일한 희망을
고집스레 부여잡지 않았다

크리스탈 프리즘빛이
넘치고 있다
징검돌처럼 듬성듬성 얼굴에 난
남정네의 털같이
방 안에 깔려 있다

미로 속의 작은 미로처럼
회색 인개가 걸릴 만큼

위험한 사랑으로 그대와
사랑의 곡예를 하긴 싫었다

야생 백마

사면이 막혀서
메아리 소리조차 울리지 않는
공허의 공허 속으로 사라지는
야생 백마의 울부짖음

비밀이란 단어를 부여해 주고
황혼 지는 들녘에 서서 바라보는 사랑보다
노을처럼 티없음으로
달무리 지면 들려오는 풀벌레의 장단에 맞춰
그대 가슴속에 큐피드의 화살이 되어
깊숙이 박히길 바라기에
형체도 없고 들을 수도 없고
색채조차 없는 내 사랑은
그늘 속에 숨어 움츠리고 맙니다

봄비 내리는 긴 밤거리를 지나
여름 장마 빗줄기는
상큼한 새벽 이슬을 머금고
앞마당 정원 위에 뿌려집니다

창가의 곡선을 타고 흘러내리는 빗줄기가
더 거세게 천둥과 번개를 몰고
그대 그림자에 가려진
내 영혼을 입맞춤합니다

초원 위에 별빛이 내리고
달빛 사이로 흐르는 강물 빛깔이
우수에 잠긴 여심을 미로 속으로 안겨 주면
초혼이 물드는 밤의 적막을 재촉하듯
사랑을 잃은 야생 백마의 울부짖음은
짝 잃은 외기러기처럼 더해 갑니다

공기놀이

맑은 영혼 하나
던져진다

다섯 개의 별은
활짝 펼친
공작의 날개처럼 웃는다

나비 한 마리가
자그마한 머리 위에
바람 타고 앉았다

하늘의 달을 따려는 듯
힘껏 치솟던 고운 손은
배앓이 동생을 어루만지는
어머니의 손끝이 되어
땅을 훑는다

가장의 귀가를 알리는
어머니의 목소리가

골목 어귀에 다다르자
움켜쥔 손이
함박꽃 모양
꽃망울을 터뜨리고
수정처럼 빛나는
다섯 개의 별이 웃고 있다

무명無明

산등성이에 걸려
함박꽃처럼 수줍게 웃던
달은 숨는다

모닥불 주위에
둥근 원을 그리며
긴 그림자를 만들던
사람들의
탁한 공간을 벗어나
하늘가에
오두막집을 짓는다

별은
보이지 않는다

내가 서 있는
누 눈 만지 서리에서
빛을 발하던 별은
보이질 않고

홀로 선
내 침묵의 무게만이
어둠 속으로 사라진다

냉우

가래로 흙을 퍼서 던지듯
내 가슴속에 짙게 움트는
그대 그리움을 덮고 싶다

가녀린 웃음마저도
무게에 못이겨 해바라기하듯
타락할 대로 타락해
더 이상 타락할 구멍조차 없는
사랑이고 싶을 때가 있다

노을빛에 나부끼는
버드나무 언덕 위에
하염없이 쓸어 내리는
그대 향한 목마른 열정을 묻고
조용히 돌아서고 싶을 때가 있다

나각을 줍는
어부의 딸이고 싶고
강아지풀 위에 앉은

고추잠자리를 잡으려고
잠자리채를 높이 들고
온 가을을 뒤지는
꼬마이고도 싶다

함박꽃

태양을 먹고사는 함박꽃은
누구의 씨앗인지도 모르는
풀뿌리 없는 생명을
자신의 일부로 받아들인다

비밀스럽게
어미의 모태 속에 자리한
어린 생명은
시계 바늘을 뒤쫓아
큰 걸음폭을 자랑하듯
줄달음치고 있다

밤이 되면
바람은 잠에 취해
비틀거리는 몸을 누인다

함박꽃은
만삭이 된 몸을 풀기 위해
붉게 타는 모징으로 움츠리고

여명의 눈부심 앞에
지친 영혼을 포근히 감쌀 때
잉태된 어린 생명은
우렁찬 사랑의 울음으로
태어난다

종

산성비라는 이름으로
우리들은 처마를 부수고
지난날의 낭만을 내던진 채
높다란 철담을 쌓았습니다

주인도 손님도 없이
인내만이 제일이라
부르짖는 이들이
바보로 취급받는 세상

더럽고 추한 것
구별 없이 받아 주고
쉼표 없이 내리치는
채찍질에도
아프다고 비명 한 마디
지르지 않는 당신

진실의 목소리 하나 되어
철담을 무너뜨리는 날에는

당신의 노랫소리 천상에서
단단한 삶의 나이테로
우시렵니까